ANECDOTES

FRANÇAISES ET ÉTRANGÈRES.

PARIS. — MAULDE ET RENOU, IMPRIMEURS,
RUE BAILLEUL, 9-11.

ANECDOTES

FRANÇAISES ET ÉTRANGÈRES,

AU DIX-NEUVIÈME SIÈCLE,

Par M. le Chevalier d'AURIOL.

PARIS.

JACQUES LEDOYEN, LIBRAIRE,

AU PALAIS-ROYAL, GALERIE D'ORLÉANS, N. 16.

—

1838

LA BOHÉMIENNE,

ANECDOTE RUSSE.

LA BOHÉMIENNE,

ANECDOTE RUSSE.

Forsan et hæc olim.....

Alexis et Foëdor étaient deux frères nés d'un prince russe dont la fin avait été malheureuse. Ils occupaient les premières charges à la cour de l'empereur Alexandre, digne descendant de l'illustre maison de Holstein, et héritier des droits et de la gloire des Romanow.

Alexis, d'un physique agréable et d'une taille élégante, était doux, affable, généreux, instruit, spirituel, mais encore imbu, comme son frère et toute sa nation, de préjugés et de superstition que l'ignorance conservera long-temps, mais que les progrès de la civilisation corrigeront peu à peu, et par des efforts sagement combinés.

Foëdor, d'un physique moins heureux, et avec des dehors moins séduisans, était moins sociable, mais avait un bon cœur, un jugement plus sain, plus solide, des connaissances certaines dans l'art de la guerre.

Ils vivaient tous deux dans une étroite union, et jouissaient chacun d'une immense fortune.

Foëdor avait épousé la princesse Anna Ulrique, et lui faisait partager les faveurs dont l'empereur daignait le combler.

Anna avait une cousine appelée Victoire, sœur d'un prince régnant en Allemagne. Amies

1.

dès l'enfance, et sachant s'apprécier, elles l'étaient encore plus
à l'âge de raison. Victoire était
heureuse d'être témoin du bonheur de son amie Anna, et cherchait à y ajouter par des atten-
tions délicates.

Le prince Alexis, qui n'était
point encore marié, avait été
frappé de la beauté et de l'esprit de
la princesse Victoire. Il en devint
éperdument amoureux, et chercha
à lui plaire pour obtenir sa main.
Ni ses dehors avantageux, ni ses

soins empressés, ni le charme de
ses entretiens ne purent séduire
le cœur de la princesse Victoire.
Elle lui trouvait un air faux, hypocrite, qui lui causait une ré-
pugnance invincible. Le prince
Foëdor et Anna lui en parlèrent
en particulier, et ne purent dé-
truire ses impressions.

Mais Alexis, éperdu d'amour,
n'était plus maître d'une passion
qui le dévorait nuit et jour.
Il cherchait sans cesse sa Victoire, et elle le repoussait tou-

jours. Son nom , son immense
fortune , l'espoir même d'une
couronne n'auraient pu fléchir le
cœur de la princesse. Fatiguée de
ses hommages , et ne pouvant
éviter sa rencontre, elle prit la
résolution de quitter la Russie,
son amie Anna et le prince son
époux, avec le vif regret qu'on
éprouve en s'éloignant d'auprès
d'amis sincères. Les instances de la
princesse Anna et du prince Foëdor, les protestations de respect et
de soumission d'Alexis, ne purent

retenir la princesse, et elle partit pour sa terre de Fultiguen, en Suisse.

Quatre mois s'étaient à peine écoulés, lorsque le prince et la princesse Foëdor éprouvaient le besoin de revoir la princesse Victoire. Ils lui annoncèrent leur visite ainsi que celle d'Alexis, qui ne pensait plus à son amour, mais qui tenait beaucoup à obtenir son pardon. Victoire, désirait vivement revoir sa chère Anna, et ajouta foi aux prières d'Alexis.

Elle leur écrivit aussitôt qu'elle les attendait avec le plus grand plaisir, et qu'elle leur ferait voir ce que la Suisse offre de plus cu rieux et de plus intéressant.

Anna fut transportée de joie en recevant la lettre de sa chère Victoire, et aussitôt elle se mit en route accompagnée du prince Foëdor et d'Alexis, avec une suite peu nombreuse. Ils marchèrent jour et nuit. Nous étions en 1812, à l'époque du printemps.

Arrivés à Fultiguen, près de

Berne, quelle joie de se revoir, de se le dire, et de s'embrasser! que de présens à s'offrir! et que de protestations de respect et de soumission Alexis, confus d'avoir causé le départ de Victoire, n'avait-il pas à faire à la généreuse princesse pour obtenir son pardon. Après s'être reposés quelques jours à Fultiguen, dont le site est très heureux, nos voyageurs se rendirent à Berne, où ils entendirent garder l'incognito. Néanmoins, les autorités, aussi aristocratiques que les habitans de cette ville impériale , sachant à quoi s'en tenir , s'empressèrent de leur faire une visite et de les inviter à venir au bal que la ville voulait leur offrir. Nos voyageurs acceptèrent avec grand plaisir cette aimable invitation.

On n'épargna aucune dépense pour rendre ce bal digne de la présence de personnages aussi distingués. Il eut lieu dans la salle de la comédie, appelée *la Redoute*. Elle fut ornée de guirlan-

des de roses, de myrtes entrela-
cés de lauriers; les buffets abon-
damment pouvus de bœuf, de
mouton, de volaille, de gibier, de
poisson, accommodés de la ma-
nière la plus recherchée et la
plus délicate; de vins, de bières
et de rafraîchissemens de toute
espèce; et pour embellir la fête,
les plus jolies bernoises, parées
de fleurs et de pierreries, vinrent
s'offrir à l'envi à la vue des princes moscovites.

Alexis, Foëdor et les prin-

cesses Anna et Victoire s'y rendirent à minuit. Le prince Alexis
se fit remarquer par sa politesse
et ses manières affables. Il dansa
avec les femmes les plus jolies et
les plus distinguées; et tandis
qu'il s'efforçait de plaire, il rou-
lait dans son esprit un projet
d'enlèvement. A cette pensée, on
pourrait croire que c'est envers
une piquante Bernoise, dont les
traits, l'esprit et la gaîté sédui-
sent toujours, que le prince veut
exercer cette violence. Loin de

lui cette intention! celle qu'il voulait enlever n'était, ni Bernoise, ni Anglaise, ni Française, ni Russe, c'était... le croirait-on! au moment où il venait de jurer qu'il n'avait plus d'amour, au moment où il venait de solliciter et d'obtenir son pardon, qu'il songeait à enlever la princesse Victoire pour la conduire en Russie.

Tandis qu'un orchestre brillant animait les danses, les grâces et la beauté, deux heures avaient sonné, et le prince Alexis avait déjà fait prévenir Victoire de se préparer à sortir du bal. La princesse Anna prévient aussitôt son amie du projet secret d'Alexis, et la conjure de ne point sortir. Victoire, au contraire, veut s'y rendre, se munit d'un poignard et de deux paires de pistolets, se couvre de son witchoura, et sans paraître se douter de la moindre chose, monte exprès dans la voiture de voyage attelée de quatre chevaux, en ayant l'air de croire monter dans sa propre voiture comme à l'ordinaire, après avoir donné secrètement des ordres à Jonny, son laquais. Elle se place dans le fond de la voiture, sans paraître s'apercevoir que le devant est occupé par Alexis et B..., son aide-de-camp. Anna blâmait la témérité de Victoire et versait des larmes.

Jonny est placé comme premier postillon, et d'un coup de fouet donne le signal du départ. Les chevaux s'élancent, le pavé

étincelle, et la voiture, franchis-
sant la ville en un instant, em-
porte nos ravisseurs dans la forêt
de Fraubrunn. Ce qu'il y avait de
piquant, c'est que ces messieurs
et la princesse, prévenus de cette
infâme entreprise à l'insu l'un de
l'autre, et ayant chacun son dessein , s'observaient en silence.
L'obscurité de la nuit, que l'éten-
due de la forêt rendait plus pro-
fonde , aurait inspiré à toute autre femme que la princesse une
terreur mortelle ; mais sa pré-

sence d'esprit et son courage lui
conservèrent l'assurance néces-
saire pour résister à une tentative aussi coupable. Pour comble
d'horreur, on avait fermé les ja-
lousies, afin d'ôter toute idée de se
douter par où l'on passait, et où
l'on pouvait se rendre. Victoire fit
exprès de vouloir les ouvrir, et excita ces messieurs à parler, en di-
sant des plaisanteries. Enfin,
voyant que le prince Alexis et son
aide-de-camp s'obstinaient à garder le silence, elle s'écria : « *Mais*

il me semble que les postillons font le tour de la ville pour aller à l'hô-tel ; nous n'avons jamais mis au-tant de temps pour arriver. Com-ment ! (se mettant à écouter et à regarder) *plus de bruit, plus de lumières : nous sommes donc hors de la ville !* » S'apercevant qu'ils ne répondent pas : « *Est-ce que vous dormez l'un et l'autre ?..... Il faut que je voie où nous sommes.*» A ces mots, elle fait partir au nez de ces messieurs des pétards qui éclatent en les déchirant. Alors,

Alexis, qui n'était pas trop rassuré, lui dit : « *Rassurez-vous, madame, vous êtes avec nous, nous sommes vos chevaliers, vous n'avez rien à craindre.—Mais où allons-nous?* demanda la princesse Victoire.—*A l'hôtel,* répond un de ces messieurs. —*Mais il paraît que les postillons se sont trompés de route,* » ajouta-t-elle en feignant de ne se douter de rien. A peine avait-elle achevé ces mots, que Jonny, suivant l'ordre qu'il en avait reçu de sa maitresse, tira deux coups de pistolet pour annoncer à la princesse qu'il est arrivé au bout de *l'Allée Verte* qui n'offre aucune issue. Aussitôt Victoire avance doucement son bras, et sans bruit, tire à bout portant sur la glace de la voiture un coup de pistolet chargé à sel, dont les éclats vinrent frapper le visage de ces messieurs. Elle feint d'être effrayée : ces messieurs croyent qu'ils sont attaqués par des voleurs, ils mettent aussitôt pied à terre par l'autre portière non attaquée. Ils regardent autour d'eux avec frayeur, et n'apercevant pas les voleurs, ils les croyent cachés en embuscade. Les domestiques sont à leur recherche tout en tremblant de les rencontrer. Victoire feint tantôt de chercher, tantôt de fuir les voleurs, comme faisaient ces braves messieurs. Pendant ce temps, la voiture retourne lentement sur ses pas, et quand elle fut éloignée à une grande distance d'Alexis qui ne quittait plus le bras de son aide-de-camp, elle s'arrêta au détour d'un chemin que Victoire avait indiqué ; et comme elle connaissait parfaitement les issues de la forêt, elle rejoignit facilement la voiture et les gens, et se fit conduire à Berne, laissant le prince Alexis et son aide-de-camp égarés dans la forêt, au milieu de la nuit, et en proie à la frayeur d'être dévoré par les ours, ou assassinés par les brigands.

Il était quatre heures du matin quand Victoire arriva à Berne, et

après avoir pris quelque nourri-
ture, elle se rendit, vêtue de son
costume de bal, chez M. Steiguer,
directeur de la police , pour rendre plainte contre deux brigands
qui l'ont attaquée dans la forêt, et
aux mains desquels elle a eu le
bonheur d'échapper *en se défen-
dant courageusement.* Elle demanda que les *landieckers* (gen-
darmes du pays) fussent mis à
leur poursuite. Aussitôt le directeur lui en donna un bon nombre à sa disposition, et, armés de

leur hallebarde et de leur sa-
bre, il leur ordonna de battre
la forêt et d'en garder toutes les
issues.

La princesse monte à cheval,
et dirige les landieckers sur les
divers points par où les brigands
ont pu passer, se réservant la
vraie route pour tâcher de re-
joindre Alexis et son aide-de-
camp. Arrivée à deux cents pas
de l'endroit où elle les a laissés,
elle met pied à terre pour paraître
n'avoir cessé de les chercher,

laisse son cheval à ses laquais
en leur recommandant de la re-
joindre cinq minutes après, pour
venir lui annoncer, en présence
du prince **Alexis** et de son aide-
de-camp, que les landieckers par-
courent la forêt pour tâcher d'arrêter des brigands qui ont voulu
attaquer une voiture qui a passé
cette nuit, et enlever une jeune
personne de quinze ou vingt ans.

Victoire, après avoir cherché
quelque temps, rencontre Alexis
et son compagnon à peu près

dans le même endroit où elle les avait laissés. Ils étaient pâles, défaits, tout transis de froid, et accablés de fatigue : ils s'étaient endormis au pied d'un arbre. Victoire en les voyant étouffait de rire, puis en les abordant, elle leur dit : « *Je vous trouve donc* « *enfin, depuis deux heures que je* « *vous cherche. Faut-il que la nuit* « *nous ait séparés aussi long-* « *temps. J'ai craint que les vo-* « *leurs ne vous aient attaqués, dé-* « *pouillés ou tués ; je commençais*

« *à renoncer au plaisir de vous re-*
« *voir.* » Elle n'eut pas le temps
d'en dire davantage , car les laquais, affectant la joie de retrou-
ver enfin leur maitresse , ainsi
que ces messieurs, vinrent annoncer qu'ils venaient de rencontrer
les landieckers à la poursuite de
brigands qui ont voulu enlever
une jeune personne cette nuit, et
qui ont attaqué sa voiture à main-
armée. Déjà ils cernent les issues
de la forêt, ajoutent-ils , pour ne
point les laisser s'échapper. On

n'eut pas le temps de délibérer,
car le chef des landieckers, porteur des ordres et du signalement
d'Alexis et de B..., son aide-de-
camp, survint deux minutes après,
et les arrêta.

Le prince n'ayant qu'une redingote, boutonnée jusqu'au col,
qui cachait l'uniforme et les dé-
corations qu'il portait au bal, in-
quiet d'être reconnu, pâlit et
chancèle à la vue de ce chef vêtu
de son uniforme gris, dont le col-
let et les paremens sont rouges,

lequel chef, d'après les signale-
mens dont il était porteur, le reconnaît, ainsi que l'homme auquel
il donnait le bras, comme étant les
brigands dénoncés cette nuit à la
police. « Landieckers ! s'écria-t-il,
emparez-vous de ces hommes-là,
et conduisez-les sur-le-champ à la
direction.

Alexis ne concevait pas comment on avait pu avoir connais-
sance de l'événement de cette
nuit, puisqu'il n'avait aperçu ni
reconnu personne, et que Vic-

toire, ainsi que les gens, étaient
restés égarés dans la forêt jusqu'à
la pointe du jour, et lui témoi-
gnaient encore, il n'y a qu'un instant, leurs regrets d'en avoir été
séparés, et toute la joie qu'ils
avaient de le revoir. Était-ce pour
l'amuser en attendant l'arrivée des
landieckers? Alexis ne pouvait le
croire. C'est pourquoi il fut si surpris de leur présence qu'il put à
peine leur dire : « Mais, Messieurs....... — Allons, pas de ré-
plique, reprend le chef; marchez :

vous vous expliquerez à la direction de la police. Quand le
prince se vit ainsi arrêté, il se
garda bien de faire la moindre ré-
sistance. Il regardait la princesse
les larmes aux yeux, il regardait
les gardes et leur chef; enfin,
confus de sa position, il dévorait
en lui-même l'humiliation à la-
quelle il s'était exposé. Cependant Victoire s'efforçant de garder son sérieux, dit aux landieckers, avec beaucoup de calme et
de gravité : *«Oui, ce sont les ravis-*

seurs, maintenant cherchez les bri-
gands. » A ces mots, Alexis ne
douta plus que Victoire ne l'eût
dénoncé. On le conduisit à pied
avec son compagnon d'aventures
chez le directeur de la police. La
princesse s'y rendit aussitôt.

Non, jamais anecdote ne fut
plus piquante et plus comique,
quand on comprend l'importance
d'un personnage honoré de l'inti-
mité de son souverain; et qui,
gâté par la flatterie et de légers
succès, se trouve cruellement

mortifié de s'être livré, un peu par habitude, à la violence et à l'arbitraire, et de se voir ainsi pris dans ses propres filets !

Arrivés à la direction, M. Steiguer, fils du vénérable vieillard qui se battit vaillamment à la tête de la milice de Berne dans cette même forêt de Fraubrunn, contre les Français, en 1796, leur fit subir aussitôt un interrogatoire, en présence de la princesse Victoire, qui s'était déclarée la plaignante.

Demande.—Comment vous appelez-vous? demanda le magistrat au prince Alexis qu'il ne reconnaissait pas, ou qu'il feignit de ne pas reconnaitre sous une simple redingote boutonnée jusqu'au col, une cravate noire et un chapeau rond.

Réponse.—Je me nomme Jacques Berniowski (ce qui avait du rapport avec cette anecdote arrivée à Berne).

D. Quelle est votre profession?

R. Capitaine au service de Russie.

D. Depuis quand êtes-vous dans cette ville?

R. Depuis peu de jours.

D. D'après le procès-verbal dressé ce matin, Madame a déclaré que vous n'étiez pas le voleur qui a attaqué la voiture dans la forêt, en tirant des coups de pistolet, mais que vous étiez le ravisseur. Quel motif vous a porté à vouloir enlever Madame à la sortie du bal?

R. Je n'ai pas eu l'intention d'enlever Madame ; les postillons se sont trompés de route, et la preuve que je n'y pensais pas, c'est que les gens qui conduisaient la voiture ne sont pas les miens, et appartiennent à Madame.

Victoire l'interrompant : « Alors « ce sont des gens que vous aurez « payés. » Alexis lui répliqua : « Plutôt vous, Madame. » Victoire reprennant : « Au surplus, on peut « les faire venir. » Tandis qu'A-lexis montrait sa mauvaise humeur, Victoire se crevait de rire.

Le magistrat s'adressant ensuite à B..., l'aide-de-camp.

D. Et vous, Monsieur, comment vous appelez-vous?

R. Je me nomme Ivan Ramowski.

D. Quelle est votre profession?

R. Je suis lieutenant d'infanterie, au service de Russie.

D. Vous avez été arrêté avec Monsieur. Comment le connaissez-vous?

R. Nous avons servi ensemble,

et nous sommes amis depuis long-
temps.

D. N'avez-vous pas aidé monsieur Berniowski à enlever Madame?

R. Il n'y a pas eu d'enlèvement. Nous étions au-bal avec
Madame; les gens se sont trompés: au lieu d'aller à l'hôtel, ils
nous ont conduits dans la forêt.
Deux coups de pistolet tirés en effet sur les postillons les ont forcés d'arrêter, se croyant attaqués.
Un autre coup de pistolet tiré sur

nous par une des glaces de la voiture, nous a forcés de descendre
pour nous défendre de l'attaque.
Mais les brigands ont fui sans que
nous pussions en rencontrer un
seul; ou, si je ne me trompe, ça
a été une fausse alerte heureuse-
ment imaginée pour se débarras-
ser de nous, *comme si nous étions
cause de la méprise des gens, et
comme si nous eussions eu intention de faire mal.* Ce qui prouve
une intention méchante envers
nous, c'est que la voiture, au lieu

de nous attendre, est revenue lentement sur ses pas, et comme in-
aperçue, ainsi que les gens; en
sorte que nous avons été exposés
à être attaqués par des bêtes fé-
roces ou de véritables brigands
qui pouvaient nous dévorer ou
nous assassiner. Notre vie a été
mise en péril, et nous avons à
nous plaindre de l'auteur de ce
stratagème, dit-il en regardant la
princesse.

Victoire. Monsieur le directeur, ces Messieurs cherchent à

se disculper par une apparence
de vérité ; mais voici ce qui s'est
passé : j'ai été instruite avant de
sortir du bal que M. Jacques Berniowski (en appuyant beaucoup
sur ce nom) avait le dessein de
m'emmener hors du territoire
helvétique pour me conduire en
Russie, afin de se venger plus li-
brement, parce que..... (s'adressant à Berniowski) faut-il vous
démasquer comme un hypocrite,
faut-il que je dise ?... Berniowski
l'interrompant : « C'est bien, c'est

bien, Madame, continuez. » Victoire reprenant : « Il avait en conséquence ordonné une voiture de
voyage attelée de quatre chevaux.
Je parlai aussitôt à Jonny, mon
jockey, qui me dit qu'on l'avait
bien payé pour ne rien dire. Alors,
je me demandai : Si l'on n'avait
pas formé un plan téméraire et
coupable, pourquoi prendrait-on
des chevaux de poste et une voiture de voyage sans me rien dire,
et paierait-on mes gens pour se
taire. Je conçus aussitôt le dessein

de prendre mes ravisseurs dans leurs propres filets, et j'ordonnai en conséquence à Jonny de conduire la voiture en premier postillon au lieu et place du postillon de M. Berniowski, que je fis mettre sur le siége en spectateur, *en l'indemnisant*. Je commandai à Jonny de diriger la voiture dans l'*Allée Verte* de la forêt, connue pour n'avoir aucune issue, au lieu de prendre la grande route que ces messieurs avait indiquée pour regagner l'Allema-

gne. Je l'armai de pistolets char-
gés à balle, et lui ordonnai de
tirer deux coups lorsqu'il serait
arrivé au bout de l'Allée Verte,
afin de me prévenir de tirer à
mon tour un coup de pistolet
chargé de sel sur la glace de la
voiture et opérer ainsi une fausse
attaque. Je fis monter à cheval
quelques uns de mes gens, armés
de sabres et de pistolets pour veil-
ler au train de derrière, et je
montai ensuite fort tranquille-
ment dans la voiture de poste

sans avoir l'air de faire attention si ces messieurs y étaient déjà avant moi, et si c'était une autre voiture que la mienne ; mais je m'étais munie d'un poignard et de deux paires de pistolets que j'avais mis dans les poches de mon witchoura. J'ai réussi à déjouer l'infâme entreprise de ces messieurs, et à les mettre entre les mains de la justice : mon honneur, ma vie en dépendaient. Maintenant que j'ai prouvé que ces messieurs sont coupables, que leurs inductions sont fausses, je demande qu'ils soient punis selon la rigueur des lois. »

Le Magistrat. Il est constant que des chevaux de poste attelés à une voiture de voyage prouvent assez l'infâme projet de Jacques Berniowski et de Ivan Ramowski; il est certain, en outre, qu'il y a eu un commencement d'exécution préméditée, et que ce n'est pas faute de corruption et d'imposture si cet attentat a échoué. Il serait ridicule d'admettre pour excuse la méprise d'une voiture de voyage, la seule commandée aux ordres de ces messieurs, quand on ne pense qu'à se rendre en ville. La tentative d'enlèvement mise à exécution est évidente, et la loi punit sévèrement de pareils attentats.

La Princesse. Monsieur le directeur, vous avez parfaitement raison, et votre indignation vous fait honneur. Cependant comme il paraît que ces messieurs appartiennent à des familles distinguées dont l'honneur et la considération seraient avilis en infligeant à ces messieurs une condamnation publique ; comme la plainte m'est personnelle et qu'ils n'ont commis aucun vol, mais un rapt, un enlèvement, je demande qu'ils soient seulement condamnés à une amende de 10,000 roubles, monnaie de leur pays, ce qui fait environ 40,000 fr. de Berne, au profit des pauvres de la ville, et en outre aux frais de justice. Quant à moi, je leur pardonne leur outrage et je renonce à tout dommage personnel.

M. Steiguer faisant droit à la demande de la princesse Victoire, ordonna que les sieurs Jacques Berniowski et Ivan Ramowski seront retenus en prison jusqu'à ce qu'ils aient payé les 40,000 francs et les frais de justice.

Il est difficile de peindre la fureur et l'emportement du prince Alexis contre Victoire en entendant une pareille condamnation. Il fallut pourtant se soumettre,

et il entra dans une pièce voisine
ayant un jour à travers des bar-
reaux de bois. Son compagnon
d'infortune ayant cherché à l'a-
paiser et à le consoler, il se mit
enfin à écrire une lettre pour
faire demander l'argent néces-
saire : peu s'en fallut qu'il ne
lui manquât. Enfin, après bien
des démarches, un valet de chambre vint à la prison à quatre heures après midi apporter la somme
d'argent demandée, et aussitôt le
prince Alexis et B... furent mis en

liberté. Le prince rentra chez lui par l'escalier dérobé, et s'étant mis au lit, il fit répandre le bruit qu'il était malade des fatigues du bal. Sa famille en garda le secret.

Quoi qu'il en soit, la convalescence eut lieu dès le lendemain. On se réunit en famille en attendant les événemens politiques en France ; chacun des membres sachant la mésaventure d'Alexis et de B..., riait sous cap à l'un et riait en face à l'autre ; et la gaité et l'enjouement de la princesse

3.

Victoire firent oublier en peu de jours à ces messieurs leur humiliation et leurs projets de vengeance.

Chacun voulut profiter de l'incognito pour jouir des promenades variées et pittoresques qui s'offrent aux environs de Berne et dans les autres cantons de la Suisse pendant les beaux jours du printemps ; tous désirèrent se lever avant l'aurore pour parcourir les glaciers, les lacs, les monts et les vallées ; pour admirer la nature dans ce qu'elle a de grand, de sublime, de hardi, de mélancolique ; pour passer de l'âpreté des froids du nord aux ardentes chaleurs du midi ; et, au milieu de ce contraste étonnant et fantasque, chacun écoutait avec un vif plaisir, durant un frugal repas pris au milieu des champs, les joyeux concerts que les amans du printemps faisaient entendre dans les vallées.

Si la fauvette plaintive accusait l'infidèle, deux colombes échap-

pées chacune de leurs demeures,
entrelaçaient leurs becs dans un
bocage lointain, et goûtaient avec
bonheur les plaisirs de la tendres-
se. Ailleurs, deux couples heureux
exprimaient leur joie sur la nais-
sance de leurs petits, les couvraient
de leurs ailes pour leur conserver
une douce chaleur en chantant
des hymnes à la louange du créa-
teur. Ailleurs encore, dans un
bois bordant la plaine, de jeunes
oiseaux s'efforçant de prendre
leur essor, voltigent de branche

en branche , et ne pouvant s'éle-
ver dans les nues , ils viennent
effleurer la terre : ils sont si frêles que de doux zéphirs suffisent
pour les ébranler en venant les
caresser.

Tandis que le berger essaie des
airs sur son galoubet , chante le
rang des vaches qui s'alignent aussitôt au nombre de cinq ou six
cents pour la traite du lait, trois
fois par jour ; tandis que d'autres chantent la tyrolienne pour
annoncer qu'ils gardent leurs trou-

peaux pendant qu'ils paissent et bondissent dans les prairies émaillées de fleurs, on voit l'aigle, si fréquent et si redoutable dans ce pays, percer les nues, fondre impitoyablement sur d'innocens moutons, et les saisir de leurs terribles serres sans crainte de livrer combat aux bergers qui veulent les défendre. Nos nobles voyageurs en ont remarqué plusieurs fois, ayant des ailes d'une envergure de dix-huit pieds, fondre sur le visage d'un berger

qu'ils déchirent à coup de becs,
lui serrer le ventre au point de
l'étouffer, et l'enlever au-delà de
cinq ou six lieues pour le dévorer dans les montagnes.

La princesse Victoire connais-
sant parfaitement la Suisse, et
tout ce qu'elle offre de curieux,
consentit à servir de guide à ses
amis.

Ils commencèrent d'abord par
visiter le Jung-Frau-Horn, appelé le Pic de la Vierge, parce
que, dit-on, personne n'était en-

core parvenu à sa hauteur qui est de 2,148 toises. Victoire les égara pendant quelque temps pour s'é- gayer de leur inquiétude , puis elle leur indiqua un sentier qui y conduit facilement. Après avoir examiné ce sommet des Alpes, le plus élevé de la Suisse , et observé les points de vue délicieux qu'on tire à une si grande élévation , ils se rendirent sur le sommet du Finster-Aar-Horn , dont la hau- teur est de 2,206 toises , et ensuite sur le Gallenstosk , moins élevé

que les deux premiers , mais toujours couvert comme eux de glace
et de neige.

On sait que les glaciers de la
Suisse proviennent d'une grande
quantité de neige qui se fond un
peu en tombant à terre, parce que
la terre est plus chaude que l'air,
et que cette neige, affermie par
la gelée pendant le cours de l'hiver ne pouvant se fondre entière-
ment pendant l'été , conserve en
partie sa congélation au re-
tour de l'hiver. On sait aussi que

tous les glaciers sont formés dans les plus hauts vallons, et qu'ils sont entourés de montagnes dont les ombres empêchent les effets du soleil pendant l'été. C'est ainsi qu'ils se conservent, et c'est là ce qu'Ébel, dans son *Manuel du Voyageur en Suisse*, Guthrie et autres géographes, n'expliquent pas positivement. Nos voyageurs moscovites voulurent voir celui de Grindelwald et eurent le bonheur d'arriver à son sommet, sous la conduite de leur guide, sans rencontrer ce phénomène terrible et extraordinaire de la nature dans les Alpes, connu sous le nom de *lavanges* ou d'*avalanges*, plus dangereux au printemps qu'en hiver et en été. Ils s'amusèrent aussi à tirer quelques coups de pistolets pour en détacher des parties, afin d'en voir l'effet en tombant dans la vallée.

Ils se plurent à parcourir les lacs de Bienne, de Morat, de Brientz, de Thun et de Neuchatel sur de frêles gondoles, tantôt

en prenant leur repas , tantôt en
chantant, accompagnés d'instru-
mens, des airs russes, allemands
et français : ce qui produisait un
effet charmant et rappelait l'admirable Corinne et ses harmo-
nieux concerts sur le golfe de
Naples.

Le prince Alexis et sa famille
ne manquèrent pas d'aller voir
dans les environs de Fribourg un
ermitage taillé dans le roc par
un seul homme qui a employé
vingt-cinq ans à l'établir. Ce chef-

d'œuvre de patience attirera toujours l'attention des étrangers et
l'admiration des personnes capa-
bles de l'apprécier. Ayant observé
qu'il est composé d'une chapelle,
d'une salle de vingt-huit pas de
long sur douze de large, et vingt
pieds de haut, d'un cabinet, d'une
cuisine, d'une cave et d'autres
appartemens, il demanda à l'ermite s'il ne voudrait pas lui cé-
der son rocher pour y passer la
nuit avec sa famille et quelques
gens de sa suite. L'ermite y con-

sentit en le payant, *car sans argent*, comme on dit toujours, *point de Suisses.* On fit le coucher de chacun comme on put : le lit d'Alexis fut établi sur des nattes au lieu et place de l'autel de la chapelle, et celui des princesses Anna et Victoire dans la grande salle de vingt-huit pas de long, et celui de Foëdor dans le cabinet. Quant aux gens, on les fit coucher où l'on put.

Le lendemain chacun se réveilla surpris et satisfait de cette

singularité. Pour achever de rendre cette partie de plaisir encore
plus piquante et plus originale ,
Alexis dit à l'ermite qu'il voulait
donner un bal le soir même dans
son rocher , et le pria de faire
venir des musiciens , des rafraîchissemens, et d'inviter à danser
les habitans des environs. L'ermite *bien payé* fut très expéditif,
et les invités vinrent en grand
nombre au bal de l'aimable in-
connu.

Les violons de l'orchestre

étaient souvent sourds à la mesure, et leurs sons criards et déchirans faisaient regretter le ferme, le moelleux, le hardi de l'archet du fameux Musard ; et le fifre, avec ses sons aigus et perçans, offrait aux princes moscovites un contraste frappant avec le charme et l'harmonie du galoubet du brillant et léger Collinet. Aussi les danseurs, au lieu d'être soutenus, tombaient toujours lourdement, quoiqu'ils eussent leurs souliers des dimanches. On remarquait que les villageois étaient avides de voir leurs hôtes, et étaient ébahis de voir un rocher transformé en une maison de plaisance ; la contenance de ces gens, tantôt hardie, tantôt embarrassée, leurs regards curieux et indiscrets offraient à nos nobles voyageurs un spectacle aussi neuf que piquant. Tout était parfaitement éclairé. La gaîté des princes excita celle des villageois et des jolis minois dansant en robe courte ; et cette fête *impromptu* devint si animée qu'on dansa jusqu'à six heures du matin. Aucun accident n'arriva, si ce n'est le désappointement de la fille du fermier de M. de Lalive d'Epinay, citoyen suisse et bourgeois de Fribourg, et ayant rempli la place d'introducteur des ambassadeurs près sa majesté Charles X, malgré ses infirmités et sa qualité d'étranger. Cette pauvre fille dansait avec joie, tandis qu'Alexis considérait la beauté de ses cheveux noirs. Énorgueillie de se voir remarquée du prince, et croyant se donner plus de grâce en s'agitant davantage, elle fit un faux-pas, et sa chevelure tomba. Alexis surpris se mit bientôt à rire, et la pauvre fille affligée sortit en pleurant pour échapper à la honte de sa défaite, mais sans se trouver mal comme il arrive ordinairement.

Peu de jours après, nos voyageurs voulurent visiter aussi la cascade admirable appelée Staubbach qui se précipite perpendicu-

lairement dans la vallée de Lauterbrunn, de plus de huit cents pieds
de haut, et où l'on peut voir un
arc-en-ciel des plus magnifiques
qui forme un cercle entier. Ils al-
lèrent ensuite dans la vallée de
Lauterbrunn pour contempler ses
gras pâturages, ses fruits de toute
espèce, et ses points de vue délicieux.

Mais tous ces plaisirs, ces promenades sur les lacs, ces excur-
sions dans les plus belles vallées
et sur les glaciers, ces repas cham-

pêtres, ce bal dans le rocher d'un ermite ne pouvaient faire oublier à la princesse Victoire , justement indignée, le désir de se venger de l'outrage qu'elle a reçu d'Alexis. Elle imagina donc de lui dire un jour qu'elle venait de rencontrer dans la forêt de Fraubrunn une vieille bohémienne dont les prédictions l'ont étonnée. Tout ce qui lui est arrivé jusqu'à présent, accompagné des circonstances les plus minutieuses de sa vie, n'a pu échapper à la profondeur de son art; mais l'avenir que cette bohémienne lui a prédit est si singulier, si extraordinaire que la princesse ne veut le croire ni le raconter. Le prince Alexis qui l'écoutait avec beaucoup de curiosité, et qui ne manquait pas de superstition, comme les gens de sa nation, la pria instamment de lui en faire le récit. Victoire s'y refusa pour exciter encore plus sa curiosité et entraîner sa faiblesse ; enfin, à force d'instances, elle le lui raconta.

Il y ajouta foi, et se persuada que
cette vieille bohémienne lui révé-
lerait l'avenir de ses destinées.
Alexis désira donc se faire tirer
les cartes, et pria Victoire de le
conduire auprès de la devine-
resse.

Comme la bonne vieille évitait,
soi-disant, les recherches de la
police, elle n'avait aucun lieu
déterminé ; et pour ôter tout soup-
çon, elle portait un panier en se
promenant, et le remplissait de
glands, d'herbes et de racines

qu'elle cherchait dans la forêt, s'appuyant sur sa canne, et suivie d'un petit chien qui a l'habitude de japper du moment qu'on approche sa maîtresse. On la reconnaît aisément à ces signes, ainsi qu'à ses lunettes vertes, à son capuchon noir, à ses bas bleus et ses sabots ; mais, je le répète, ajouta-t-elle, elle ne s'arrête jamais. Pour la trouver et l'entendre, il faut la prévenir et convenir avec elle du jour, de l'heure et de l'endroit de la forêt le plus écarté que possible, encore faut-il y venir seul. Alexis pria Victoire de se charger de la voir, sans le nommer en aucune façon, et de lui indiquer le sur-lendemain à midi, en convenant du lieu où la bohémienne l'atten-dra.

La princesse Victoire connais-sait un pauvre paysan à deux lieues et demie de Berne, qui avait une grand'-maman âgée de qua-tre-vingt-six ans, dont les anti-ques vêtemens, la canne, le chien et les habitudes se prêtaient parfaitement au rôle qu'elle avait imaginé. Victoire se rend à la chaumière de ces braves gens, s'affuble des vêtemens de cette bonne vieille, y compris les sabots et le grand capuchon, lui donne une bourse de vingt louis d'or, et se rend dans la forêt le jour convenu, une heure avant l'arrivée d'Alexis, et comme le petit chien croyait voir sa maîtresse sous cet habillement, il se mit à suivre Victoire, et à japper comme à l'ordinaire. Arrivée au

milieu de la forêt, elle va et vient
devant le pied d'un gros chêne,
ramassant des glands, cueillant
des fleurs, des herbes, en attendant. A midi, Victoire, couverte
de son capuchon noir, les lunettes
vertes sur le nez, le voit enfin
venir vêtu très simplement; elle
va au devant de lui en s'appesantis-
sant sur sa canne pour soutenir
ses vieux ans. Aussitôt qu'Alexis
s'approcha, le petit chien se mit
à aboyer. En l'abordant, elle lui
dit d'une voix rauque et cassée :

« *Étes-vous le monsieur qui attend le génie supérieur qui doit lui prédire ses destinées ?*—*Oui, Madame,* répond Alexis — *Approchez, Monsieur, et tenons-nous au pied de ce gros chêne.* » Elle s'assied et lui aussi.

Aussitôt elle déploie un jeu de cartes d'une grande dimension, dont les figures annoncent la magie, et d'un ton solennel elle commence par ces paroles : « *C'est en invoquant le grand grimoire, et en faisant une croix sur le coude gau-*

che avec une pièce d'or, une autre
sur la main gauche avec une se-
conde pièce d'or, une croix sur la
poitrine avec une double pièce
d'or, que je connaîtrai les pensées
qui vous occupent. » Alexis tira
de sa poche les trois pièces d'or,
et les remit à la bohémienne. A
chaque signe de croix, elle met-
tait les pièces d'or dans son sein ;
puis, après avoir examiné l'inté-
rieur de sa main droite et lui avoir
fait couper et tirer les cartes, la
bohémienne lui dit : « Vous n'êtes

pas un homme ordinaire de la so-
ciété, vous avez un grade dans le
militaire. Votre père n'est-il pas
mort étranglé dans une armoire?
— Oui. — Que vois-je? en conti-
nuant son jeu, faut-il vous le
dire? — Quoi, enfin? interrompt-
il en pâlissant, parlez!—Vos jours
sont menacés d'une fin malheureuse; vous aurez du succès dans
vos entreprises, vous serez entouré
d'honneurs et de distinctions, et
cependant vous aurez la même fin
que votre père: vous serez étran-

glé · à la fleur de l'âge. — Que dites - vous, vieille folle? — Je dis que Dieu, le maître et le juge des hommes, a fixé ainsi votre destinée, et vous commande de me respecter. Vous m'avez demandé la vérité, je viens de vous la dire. » Alexis fut si frappé de cette prédiction qu'il n'eut pas la force de se soutenir et de proférer une parole. Il quitta la bohémienne en lui donnant avec humeur une bourse remplie de pièces d'or, et retourna lentement à Berne.

Aussitôt il se met au lit; mais c'est en vain qu'il veut prendre du repos. Il se lève au milieu de la nuit, se promène dans sa chambre; mais la fièvre qui le consume l'oblige à rentrer dans le lit, et à attendre le jour avec une vive anxiété. Il désire parler de l'habileté de la bohémienne, mais il se garde bien de faire aucune confidence de ses prédictions, et encore moins l'aveu qu'il en est malade.

Cependant Victoire vient le vi-

siter le lendemain dans la mati-
née, et lui demande s'il a été voir
la bohémienne. Alexis lui répond
qu'elle l'a fort étonné. Il ajoute que
cette femme lui paraît fort habile,
et qu'il veut y conduire son frère
pour voir ce qu'elle lui dira. Il
prie Victoire d'avoir la bonté de
la faire prévenir de les admettre
tous deux, sans témoin, pour le
lendemain à midi, à la même place
où il l'a trouvée dans la forêt, et
il promet de la payer encore mieux
que la première fois. La princesse

s'empresse de s'acquitter de sa commission, et se rend au lieu et à l'heure indiqués, vêtue des antiques habits de la bonne vieille, son panier au bras, sa canne pour appui, son petit chien pour défenseur, et ramassant des glands en attendant l'arrivée de ces messieurs.

Le prince Foëdor se refusa à s'y rendre, et chercha, mais en vain, à tranquilliser son frère, et à l'empêcher de retourner près de la bohémienne. Mais le prince

Alexis, frappé de ces prédictions, voulut sans doute savoir si cette fin malheureuse qu'elle lui a prédite, dépendait plus ou moins de la destinée de son frère. Il exigea donc que Foëdor se fit dire la *bonne aventure*. Il céda à son frère, mais il avait un pressentiment que cette bohémienne n'était autre que Victoire qui voulait se venger d'Alexis.

Néanmoins la bohémienne en abordant ces messieurs fit comme auparavant, et dit à Foëdor d'une voix rauque et cassée : « Êtes-vous l'ami de Monsieur qui attend le génie supérieur qui doit lui prédire ses destinées? — Oui, bonne vieille, répond Foëdor. — Tenons-nous au pied de ce chêne. Puis-je parler devant votre ami? — Oui, oui, la vieille, il n'y a *pas de danger.* » Aussitôt elle s'assied, déploie son grand jeu de cartes, et répète ces paroles d'un ton solennel : « *C'est en invoquant le grand grimoire, et en faisant une croix sur le*

*côude gauche avec une pièce d'or,
une autre sur la main gauche, et
une autre encore sur la poitrine
avec une double pièce d'or* que je
connaîtrai vos pensées et votre
destinée. » Foëdor donne les
trois pièces d'or, dont une double, à la bohémienne qui les met
dans son sein à chaque croix
qu'elle fait. Elle prononce ensuite le serment de lui dire la
vérité.

A ses traits vénérables, à ses
gestes faits avec gravité, et à son

air d'assurance, Foëdor, qui avait
été incrédule jusqu'à ce moment,
commence à rentrer en lui-même ; mais quand il entendit dire :
« *Vous êtes un brutal , mais vous
avez un bon cœur ; vous êtes bon
militaire*, et vous savez vous faire
aimer du soldat. D'heureuses destinées vous attendent ; vous serez
appelé à jouer un grand rôle,
mais l'ambition ne vous tour-
mente pas, et vous préférez vi-
vre en simple particulier , etc. »
— Il fut tellement irrité, qu'il

voulut la frapper avec une grosse cravache pour la forcer à se faire connaître. Mais la bohémienne lui résista avec fermeté, en le menaçant de la punition de Dieu ; c'est alors qu'il cessa. Alexis riait beaucoup de la colère de son frère, et donna une bourse de cent ducats de Berne à la bohémienne, en la remerciant ; mais le prince Foëdor ne voulut lui rien donner.

Après avoir fait environ deux lieues à pied dans la forêt en évitant avec soin de ne point être aperçus, ils montèrent sur des chevaux qui les attendaient et gagnèrent leur demeure.

Ils se mirent à table, mangèrent peu, et ne se parlèrent pas, tant l'un et l'autre étaient préoccupés des vérités de la bohémienne. La princesse Anna, qui les observait, était tout étonnée de leur air, et avait beau demander ce qui les affligeait, elle ne pouvait en tirer une parole. Victoire feignait d'être aussi étonnée que

son amie, et ne cessait de les
interroger. Alexis paraissait bien
plus frappé depuis que son frère,
qui avait fait l'incrédule, y ajou-
tait foi. Tous deux offraient un
contraste frappant : l'un ne pouvait proférer une parole, et l'autre rompait le silence de temps
en temps pour jurer, frapper sur
la table, se lever, se promener
dans la chambre, et fendre les
portes avec ses éperons de six
pouces ; se rasseoir et grommeler
dans ses dents. Il ne s'attendait

pas que la bohémienne lui aurait dit tant de vérités , et il était mystifié d'avoir consenti à la présence de son frère. En sorte que l'un , tourmenté, riait parfois en voyant cette colère , et l'autre ne riait pas du tout. La famille ne reçut personne ce soir-là , et chacun se coucha de bonne heure.

Le lendemain Foëdor était levé à cinq heures du matin, comme de coutume , et tandis qu'il fumait son cigare et buvait sa bouteille d'eau-de-vie en songeant à l'événement de la veille, Alexis était retenu au lit par une fièvre qui s'accrut tellement qu'il garda la chambre pendant quinze jours. Anna, affligée de l'état de son beau-frère Alexis, fut trouver Victoire en particulier, et lui confia ses alarmes et ses soupçons d'avoir joué le rôle de bohémienne pour se venger de la tentative d'enlèvement entreprise envers elle. Après des instances réitérées, Victoire enfin lui en fit l'aveu en pensant qu'Alexis était assez puni, et elle

consentit à ce que la princesse
Anna vint rassurer son mari et
son beau-frère sur leurs tour-
mens. Mais leur esprit était tellement frappé qu'ils avaient peine
à le croire, et d'autant plus que
Victoire n'avait cessé d'être pré-
sente à l'hôtel comme à l'ordinaire. Ils exigèrent que la princesse Victoire vint le leur prou-
ver, et se présentât dès le lendemain au déjeûner dans le costume de bohémienne qu'elle avait
porté dans la forêt. Elle vint en

effet, et pour mieux encore les
convaincre, elle leur parla durant le déjeûner avec sa voix rauque et cassée, ce qui amusa beaucoup. Rassurés sur des prédictions
qui n'étaient qu'un jeu, ils firent
rasade de Champagne. Victoire
but à la santé des princes mala-
des, et ayant conduit Alexis le
lendemain à la cabane du paysan
pauvre où elle s'était procuré les
habits de la grand'-maman, ce
prince le combla de ses bienfaits,
et lui donna les moyens d'acheter

des terres et des maisons pour en
laisser le riche héritage à ses en-
fans.

PARIS. — MAULDE ET RENOU, IMPRIMEURS,
RUE BAILLEUL, 9-11.